金色童书
Golden Books

**Richard Scarry** 理查德·斯凯瑞 [美]

# 忙忙碌碌镇

贵州出版集团公司　贵州人民出版社

这里是忙忙碌碌镇。
哇，这个小镇真不错呢！

诗人在写诗

画家在画画

作家

模特　　商人

摄影师　　秘书　　接线员

新闻

ABC

不凡书店

新闻记者

图书印刷工　　报社编辑　　售货员

清洁工

快餐

飞错了方向的罗杰

烟囱清扫工

牙医

医生

眼科医生

裁缝

美容院

房地产公司

放心银行

健康药店

音乐教师

舞蹈学校

环卫工人

有些人在室内工作，
有些人在室外工作。
还有些人在高高的空中工作，
也有些人得钻到地底下去工作。

消防栓

井盖

地下管道检修孔

电缆

路灯杆

车站

下水道

污水管

通往
污水处理厂

所有管道和电缆都埋在地下

4

卡车

在睡觉的消防员

消防局

红玫瑰豪华公寓

五金商店

窗户清洁工

理发店

洗衣工

快递员

万里云汽车销售部

有些人工作的时候就待在一个地方。

汽车推销员

电话亭

有些人工作的时候会跑来跑去。
你爸爸是做什么的？妈妈呢？

凿岩机

你会做些什么呢？
你是爸爸妈妈的好帮手吗？

挖掘工

5

# 每个人都要工作

农夫阿乐发　　铁匠黑煤球　　裁缝针线飞　　杂货猫　　妈　妈　　小屁孩儿

这里有几个要工作的人？
一个、两个、三个、四个、五个、六个。
他们都是做什么工作的呢？

爸爸好！

农夫阿乐发种了各种粮食和蔬菜，其中一些是留下来给自己家吃的。

其余的呢，就卖给了杂货店的杂货猫，换回一些钱。

杂货猫再把这些商品卖给忙忙碌碌镇上的其他人。

马铃薯

今天，阿乐发到裁缝针线飞的店里，用挣来的钱给自己买了一套新衣服。

然后，阿乐发又去了铁匠黑煤球的打铁铺，买了一台新拖拉机。有了新拖拉机呀，农场的活儿就更容易干了，阿乐发就可以种出更多的粮食啦。

阿乐发还给太太和儿子买了礼物。

阿乐发把剩下的钱存到了银行里，然后开着新拖拉机高高兴兴地回家了。

阿乐发太太非常喜欢送给她的新耳环，儿子阿乐福也很喜欢自己的礼物。

其他人又是怎么花他们赚回来的钱的呢？

他们要买东西吃，买衣服穿，再把剩下的钱存进银行。等存的钱多起来，他们就可以买其他需要的东西了。

裁缝针线飞买了打蛋器，这样，就可以自己在家做蛋糕啦。

小心点，可别弄脏新衣裳呀！

我好看吗？

铁匠黑煤球买回很多废铁。把铁烧热、打弯、成型，就可以造出更多的新拖拉机。

沙袋

风箱

锻铁炉

杂货猫给太太买了一条新裙子，感谢她把全家人都照顾得那么好。他还给儿子小屁孩儿买了一辆脚踏车，小屁孩儿骑上脚踏车可神气了！

# 盖房子

小屁孩儿和爸爸妈妈住在忙忙碌碌镇上的一角。他家附近没有别的房子，也没有小伙伴和他玩。小屁孩儿好孤单呀！

铲土机

有一天，有人来到小屁孩儿家旁边的空地上开始挖坑。哦，是有人要在这里建房子吗？新邻居家有没有小孩子呢？小屁孩儿可想知道了。

9

造房子的时候，把地基打牢可是顶重要的事情。泥瓦匠老石在坑里打好地基，他的助手搅拌好水泥和沙子。嗯，现在可以砌墙了。

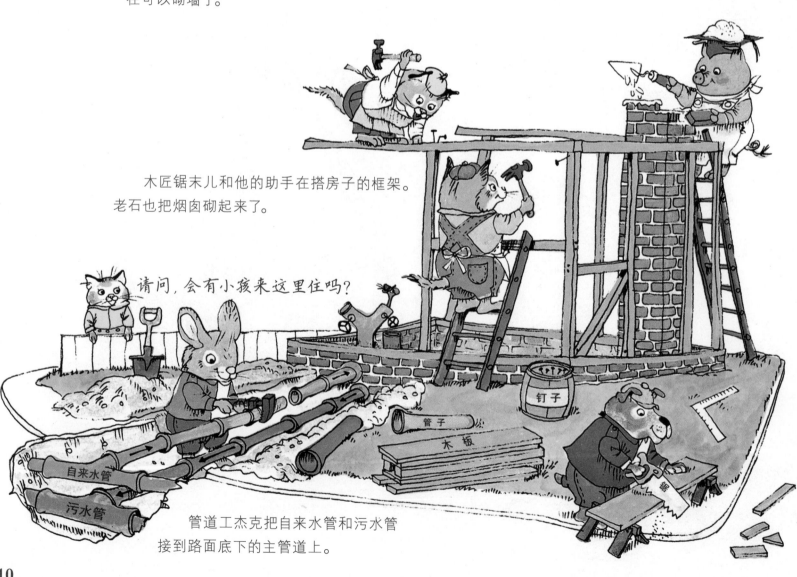

木匠锯末儿和他的助手在搭房子的框架。老石也把烟囱砌起来了。

请问，会有小孩来这里住吗？

管道工杰克把自来水管和污水管接到路面底下的主管道上。

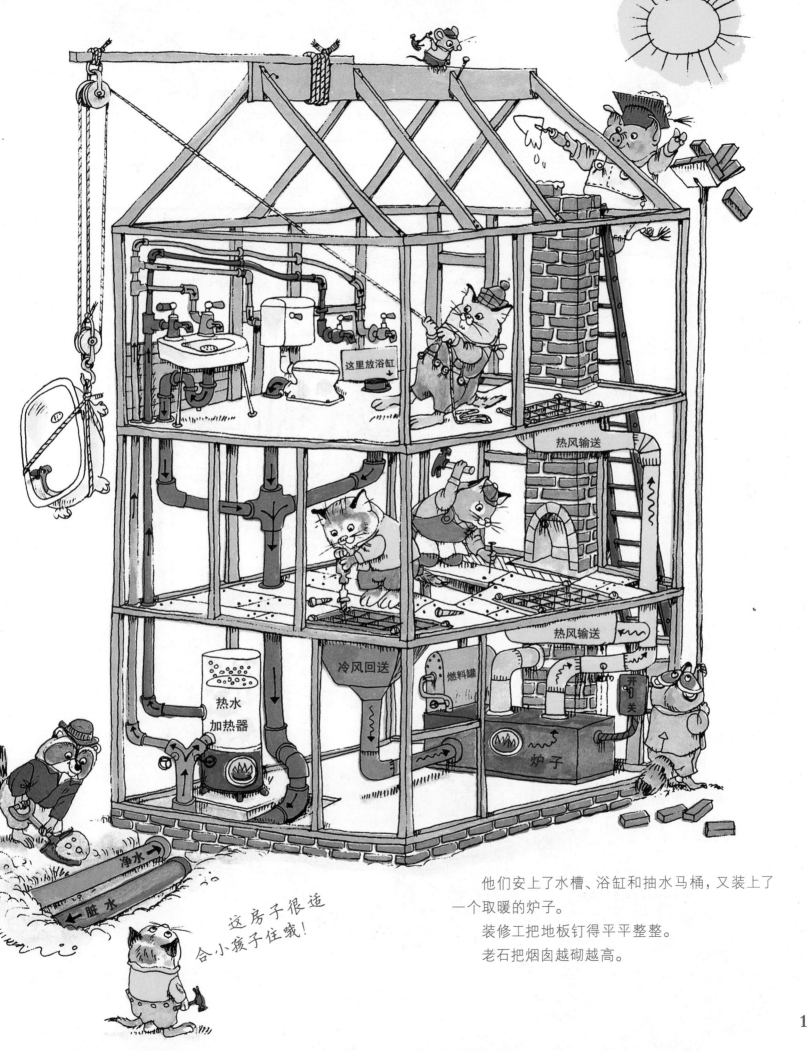

他们安上了水槽、浴缸和抽水马桶，又装上了一个取暖的炉子。

装修工把地板钉得平平整整。

老石把烟囱越砌越高。

11

老石终于把烟囱建好了。
当心啊，老石，可别摔下来！

千万别碰！

保险盒

墙壁垒起来了，屋顶也盖好了。电线
接上了。电话机也都各就各位了。

电工把电源开关和插座接到电线上。

木匠锯末儿把房间的墙面钉好，所有难看的管道和电线都让墙面遮住了。

锯末儿装好了房间的门和窗户。

粉刷工把房子里里外外都粉刷了一遍。

电冰箱

炉灶

水槽

洗衣机

搬家公司送来了家具和电器，有电冰箱、洗衣机、地毯、图画、炉子和许多别的东西。房子终于建好，可以住人了。

新邻居来了！原来是针线飞，那个裁缝！
针线飞付给工人们建房子的工钱。

钱袋子

13

这就是裁缝针线飞的一大家子。

"孩子们,看哪!"针线飞太太对孩子们说,"你们又有了一个新伙伴。"从此以后,小屁孩儿再也不孤单了。

# 消防队员来救援

着火啦……
　　猫妈妈正在给猫爸爸熨衣服。熨斗太热，把衬衫烫着了！"着火啦！"她大声呼救。

大卫狗跑到火警箱那里，拉下把手，消防局的警铃响了起来。

快！

消防员从早到晚都待在消防局。他们要随时做好准备，迅速赶往火灾现场。

警铃一响，他们火速冲向消防车。快！

"当！当！当！"
消防员飞快地赶到失火的地方。
他们架起云梯，一个消防员爬上去救下猫妈妈。
"快救救我的儿子小屁孩儿！"她哭喊着。

救援

消防车

长官

消防栓

长官

还要救小屁孩儿

灭火得用水，水是从街道下面的水管里抽出来的。
消防员把一根水管接到消防栓上，另一根接到消防车上。
消防车装上水，再把水喷出去。

哎呀，梯子不够长，够不到
小屁孩儿的游戏室。
这可怎么办呀？

消防员救出了猫妈妈，她哭喊着：

**"救救我的小屁孩儿啊！"**

消防员冒烟儿跑来了。
他戴着防烟面罩，这样，他就不怕满屋子的烟啦。
看，他还拿着一个很特别的梯子。

冒烟儿沿着消防梯一直爬到头，把那个
特制的梯子钩到窗台上。瞧，他爬上去了！
加油啊，一定要救出小屁孩儿！

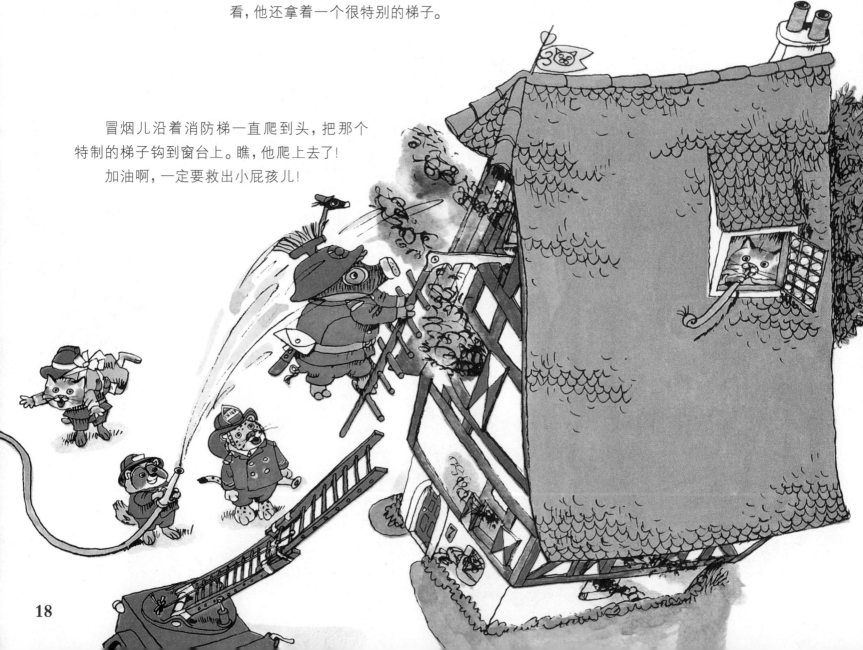

糟糕，游戏室的门锁上了！
冒烟儿用斧头把门劈开。

他抱起小屁孩儿，从窗户跳了出去！

**"扑通！"**
阿闪和阿诺打开了救生网，真及时！
猫爸爸刚好赶到，看到冒烟儿救出了小屁孩儿。

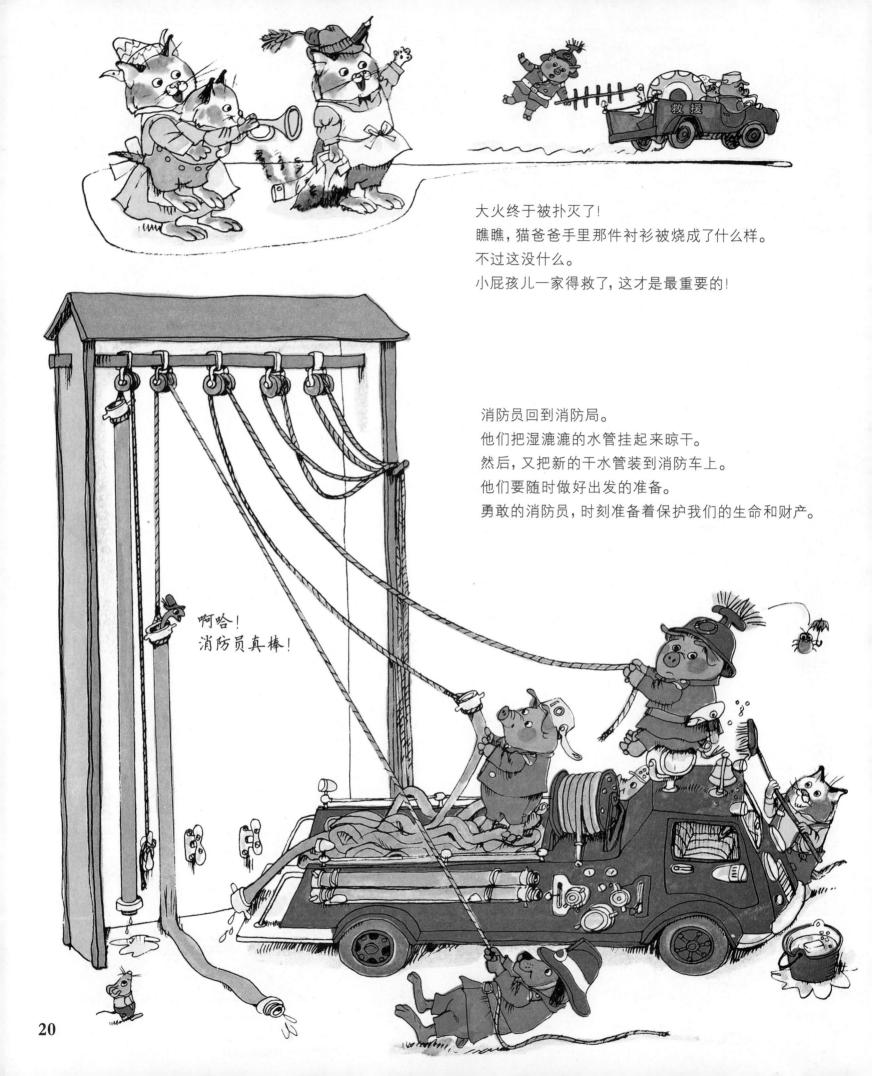

大火终于被扑灭了!

瞧瞧,猫爸爸手里那件衬衫被烧成了什么样。

不过这没什么。

小屁孩儿一家得救了,这才是最重要的!

消防员回到消防局。

他们把湿漉漉的水管挂起来晾干。

然后,又把新的干水管装到消防车上。

他们要随时做好出发的准备。

勇敢的消防员,时刻准备着保护我们的生命和财产。

啊哈!
消防员真棒!

# 去医院

妈妈带长耳朵去医院。

狮子医生检查了她的身体。

"有点糟糕！扁桃体发炎了。"狮子医生说，
"得把它切掉，明天再来医院找我吧。"

第二天，长耳朵爸爸把她们送到医院。

长耳朵招手向救护车司机打招呼。

救护车会把那些急救病人送到医院。

护士莉莉小姐正等着长耳朵呢。

妈妈得回家去，不过她答应长耳朵，
等她病好了，就送她一个礼物。

护士莉莉小姐把长耳朵带到儿童病房。

罗杰狗躺在长耳朵旁边的床上。
他的扁桃体已经被切除了,这会
儿正吃冰激凌呢,一大盘哟!

护士莉莉小姐把长耳朵放到床上,
然后拉上帘子,她们都被挡在里面。
她们在做些什么呢?

哦,原来她在帮长耳朵
穿手术服呢!

狮子医生来到病房,他
让护士莉莉小姐把长耳朵带
到手术室去。

她们去了手术室。
狮子医生在那儿等着呢。
除了病人以外，手术室里所有的人都带着口罩。

狮子医生告诉长耳朵，她一会儿就会睡着的。
等她醒来时，手术就做完了。

狗医生把面罩罩在长耳朵的鼻子和嘴巴上。
过了一小会儿，她就睡着了。

长耳朵醒来时，发现自己已经回到了病床上，
罗杰狗就在旁边。哦，她的扁桃体也没啦！虽然嗓
子有点疼，不过吃上冰激凌就好多了。

这时，长耳朵看到妈妈被救护车拉进了医院。
长耳朵想，妈妈一定是急着赶来看她的。

快！

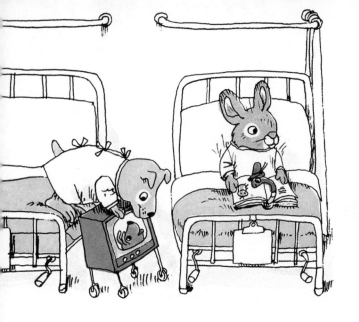

长耳朵等啊等，妈妈还是没来。
　　结果，把狮子医生给等来了。"妈妈给你带来了礼物。"他说着，用轮椅把长耳朵推走了。

　　"瞧，你的礼物，"狮子医生说，"一个小弟弟！妈妈刚刚生下的。"说完，他们一起进了妈妈的病房。
　　哦，爸爸也在呢。

他长得像我，对不对？

多幸运的小姑娘啊！
没了扁桃体，却多了一个可爱的小弟弟！

　　不过，世界上没几个小孩儿在切除扁桃体后，
会得到这么棒的礼物！

# 坐着火车去旅行

比格一家要坐火车去亲戚家。
亲戚家可远啦，火车要跑上一天一夜才能到呢。

爸爸在火车站买车票。

妈妈买了书和杂志。

搬运工把他们的行李送上火车。

这辆老火车是蒸汽机车。
它只开到相邻的那个镇子。
比格一家要坐的，是另一辆火车，他
们要在火车上过一夜呢。

等一等！
等一等！

卧铺车厢

餐车

牛奶　面粉　鸡蛋

他们坐的那辆火车有卧铺车厢，每家都有单独的小房间。这样的小房间叫包厢。

到了晚上，椅子就变成床了。

瞧！小屁孩儿一家也在哦！

列车员把水和食物装到餐车的橱柜里。厨师给大家做香喷喷的饭菜。然后，列车员会把吃的端上桌子。

**"各位乘客请上车！火车就要开动了！"**

火车开出了车站。

信号灯告诉司机，前方道路通畅。

他可不想和别的火车撞上。

舞会

信号塔

列车员把邮包装上火车，其中
一部分要送到沿途的车站。

火车头得加油，发动机才能工作。等发动机
带动起车轮，火车就能在铁轨上跑起来啦。

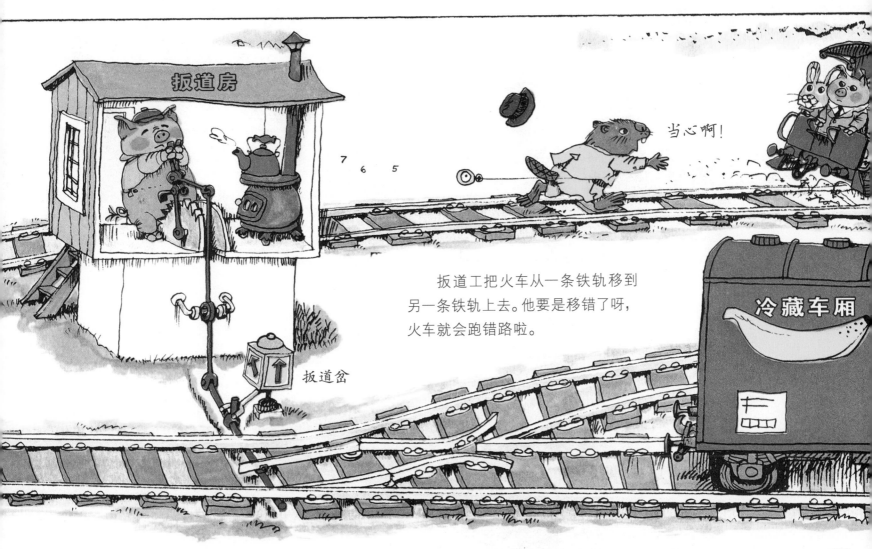

扳道工把火车从一条铁轨移到
另一条铁轨上去。他要是移错了呀，
火车就会跑错路啦。

列车员来检票了。
车票能说明爸爸已经付过钱了。

在小屁孩儿家那个包厢里，列车员正拿出
枕头和毯子，为大家睡觉做准备呢。

该吃晚饭了。
厨师已经做好了可口的菜肴。他正烙饼呢，再来一个！
嘿！大厨，你翻饼的技术可不怎么样哦！

当火车经过一个镇子的车站时，
邮差把一个邮包送了下去。

在火车开到路口以前，看守路口的人会放下
横杆，避免其他车跟火车撞上。
　　可是，总有莽撞的家伙会撞上点儿什么！

噢，天哪！
火车急转弯，列车员把汤洒了！

趁大家吃饭的时候，
列车员把椅子变成了床。

吃完晚饭，大家就准备睡觉了。

**"咔嚓咔嚓，咔嚓咔嚓。"**

晚上，火车跑得快起来。

列车员要等火车到了终点后才能睡觉呢。

厨师还在练习翻饼。加油啊，大厨！

当火车抵达亲戚家的镇子时，已经是早晨了。

亲戚来车站接比格一家啦。

哈哈，他们在亲戚家一定会过得很开心。

# 种子成长的故事

阿乐发在农场种了各种粮食和蔬菜。

他最喜欢种玉米,玉米真甜!

去年夏天,到了种玉米的时候,阿乐发把种子倒进播种机。哦,可别洒在地上哟!

他把种子散播到地里,一行又一行,笔直笔直的。

暖暖的阳光照耀着大地。不久,小苗就破土而出啦。玉米长起来了。

雨水浇灌着田地。没过多久,玉米秆上就抽出了细穗。

又过了很多个晴天和雨天。
阿乐发想看看玉米是不是成熟了，他剥开一个玉米棒子……
哦，玉米成熟了！

阿乐发开着收割机，来来回回地在田里收玉米。收割机
把玉米棒子从玉米秆上切下来，再装进货车里。

棒子上的玉米粒真饱满。
因为阿乐发明年还要种玉米，他就把一些
玉米粒装到袋子里，作为明年的种子。
他还留了一些玉米供自家食用。

阿乐发把剩下的玉米装到卡车上，
卖给了杂货猫。他的卡车又小又旧。
真倒霉，小破卡车快散架了！

唉，车报废了！

杂货猫把玉米钱付给了阿乐发。

阿乐发用卖玉米挣来的钱，买了一辆崭新的卡车。
比格一家来到杂货猫的店里，玉米是他们的最爱！

他们买回很多新鲜的玉米，这顿晚餐吃得可真香！

他们把玉米全吃光了——只剩下一小粒。

妈妈对哈利说：**"不能浪费粮食哦！"**

哈利问妈妈："可以不吃吗？我想把它种起来。"妈妈点头同意了。

哈利把玉米种到了土里。

经过一些温暖的晴天和凉快的雨天，一棵小苗长出来了！

小苗在阳光和雨露的滋润下，茁壮成长着。

这一天，阿乐发来比格家做客。

"哦，天哪！"他说，"哈利种的玉米是我见过的最好的。他长大了一定特别能干。"

呵呵，哈利真开心啊！

# 树木的利用

树木对于人们的生活非常重要。
我们做很多事情都离不开树木。
先来看看人们是怎样得到木材的吧。

好木材！

伐木工人先把树砍倒。

然后，把树枝锯掉。

接着，再把树干锯成一段一段的木头。

树干

种子

生长了一年的树

这棵树快100岁了。

木头

工人们把木头放到河里，让它们漂走。

防止森林火灾是护林员的工作。
一场大火能烧光整个林子呢。

伐木工人并没有砍掉所有的树。
这些树的种子落到地上，就会长出小树苗，
树林又会茂密起来。

林业工人也会驾驶直升机从空中播撒种子。

树桩

伐木工人站在木头上，顺流而下。他们不能让木头挤在一起。
天哪，木头还是挤成一堆啦！
快，赶紧把木头分开！

工人们将堆在一起的木头分开。
现在这些木头能够漂到锯木厂了。
在那里，木头将被锯成木板。

汤姆锯木厂

水从高处流下，带动水车转动，
锯木厂的机器就可以工作了。

木材场

木匠锯末儿

船只制造

家具

先把木头锯成差不多大小的木板。

然后再锯成大小不同的木板。

边角料

三角帽纸业

把木材堆放在木材场晾干。

各行各业的工人都来买木材。比格爸爸也买了一些，准备做书柜用。

造纸工人用木材边角料来造纸。

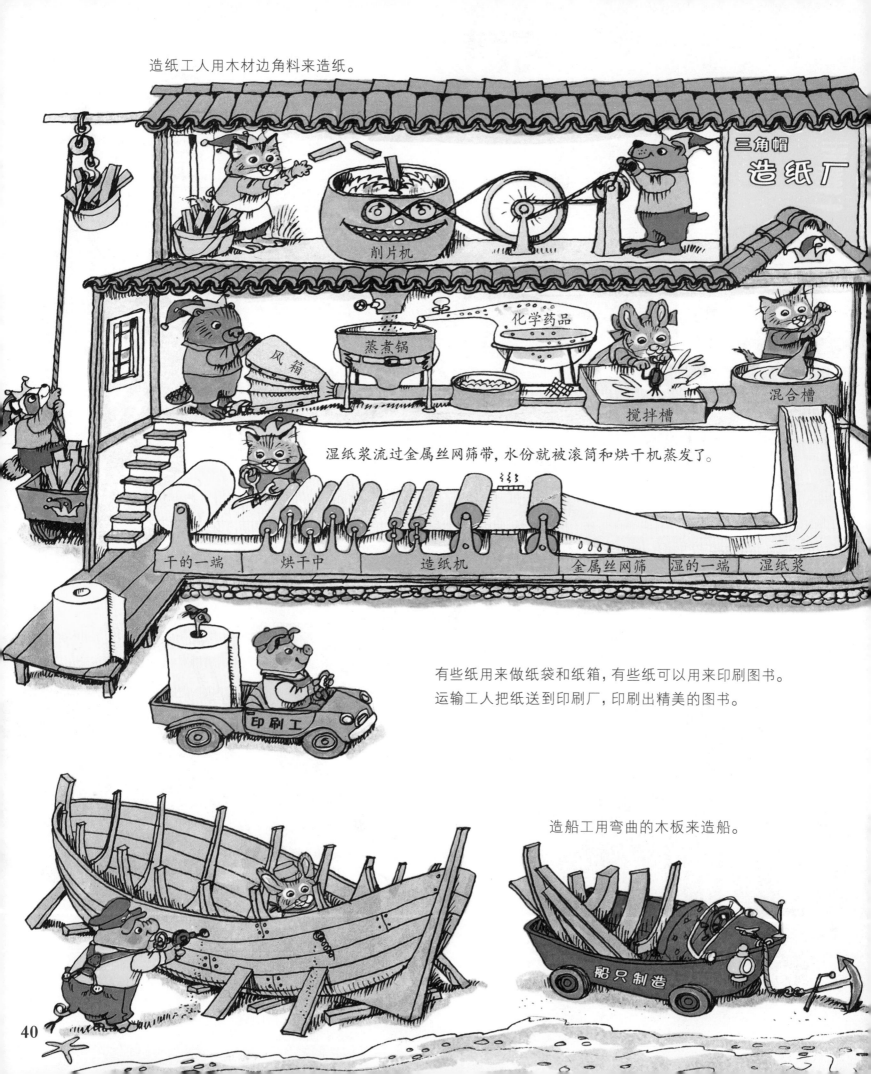

三角帽
造纸厂

削片机

化学药品

蒸煮锅

风箱

搅拌槽

混合槽

湿纸浆流过金属丝网筛带，水份就被滚筒和烘干机蒸发了。

干的一端　烘干中　造纸机　金属丝网筛　湿的一端　湿纸浆

印刷工

有些纸用来做纸袋和纸箱，有些纸可以用来印刷图书。
运输工人把纸送到印刷厂，印刷出精美的图书。

造船工用弯曲的木板来造船。

船只制造

幸福家具厂

木匠锯末儿

家具厂的工人用木板制造床、柜子和椅子。

木匠会把树枝钉在新房子的房顶上。在有些地方，这是一种风俗习惯。

有些树会结出好吃的果子。

冰激凌

新闻

树下可以乘凉。

哈利把苹果籽种到土里。
苹果籽长成苹果树，需要很长时间呢。
你想不想也种一棵树呀？

41

# 修条新路

平坦的路对我们的生活很重要。

有了路，医生才能去给病人看病。

有了路，消防员才能去救火。

我们到别人家做客，也得有路。

忙忙碌碌镇和工作镇之间的路，一直是坑坑洼洼，弯弯曲曲的。下雨的时候，道路就会变得泥泞不堪，路人和车辆很容易被陷住。

两个镇的镇长找来道路工程师，说他们想修条新路。
镇子上的人们都愿意出钱，因为他们太希望有一条平坦的大路了。

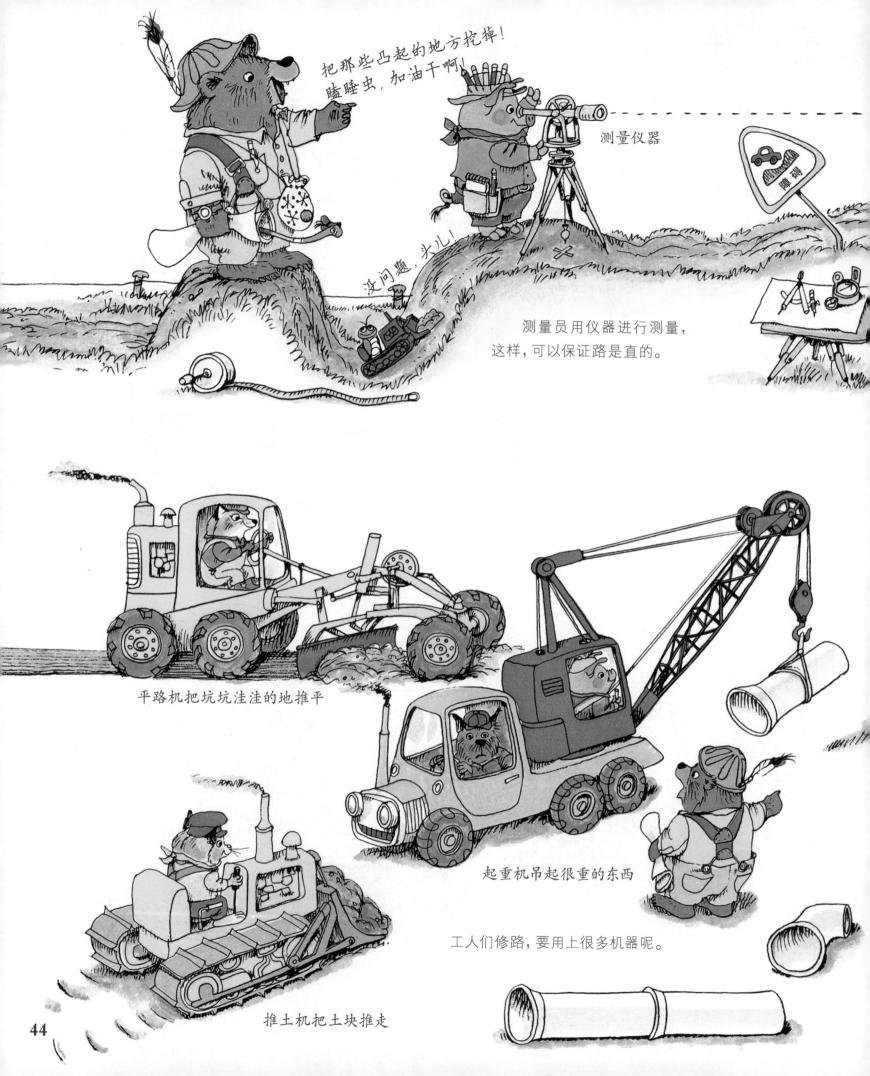

把那些凸起的地方挖掉！瞌睡虫，加油干啊！

没问题，头儿！

测量仪器

测量员用仪器进行测量，
这样，可以保证路是直的。

平路机把坑坑洼洼的地推平

起重机吊起很重的东西

工人们修路，要用上很多机器呢。

推土机把土块推走

44

测量员的助手们用木桩和绳子标出路的走向。

排水沟

铲土机

装卸车

挖土车

又直又平的路基终于修好了!
不过,还得铺上硬实的路面,这样就
不会有土块或者烂泥了。

工人把大石块装进碎石机，加工成小石子。

撒石机再把小石子均匀地撒到路基上。

沥青油喷洒车把黏糊糊的沥青
喷到小石子上，让它们粘到一起。

石匠把石块凿成合适的形状，
让它们可以紧挨着排起来。

铲土机

碎石机

装卸车

撒石机

沥青油
喷洒车

拱心石

沥青混合机搅拌出又热又黏的沥青。

接着，工人把沥青倒进铺路机里，
铺路机会把沥青平整地铺到路面上。

重重的压路机再把路面
压得又平又坚实。

路中央得比两边高，这样雨水
就可以流进路边的排水沟了。

装好路灯，天黑时司机就可以看清路了。

萤火虫
路灯公司

电缆

小吃店

饭馆

汽油

油泵

汽油罐

煤气和石油

园丁

嗨，你们二位，别聊了！
赶紧把油罐埋起来！

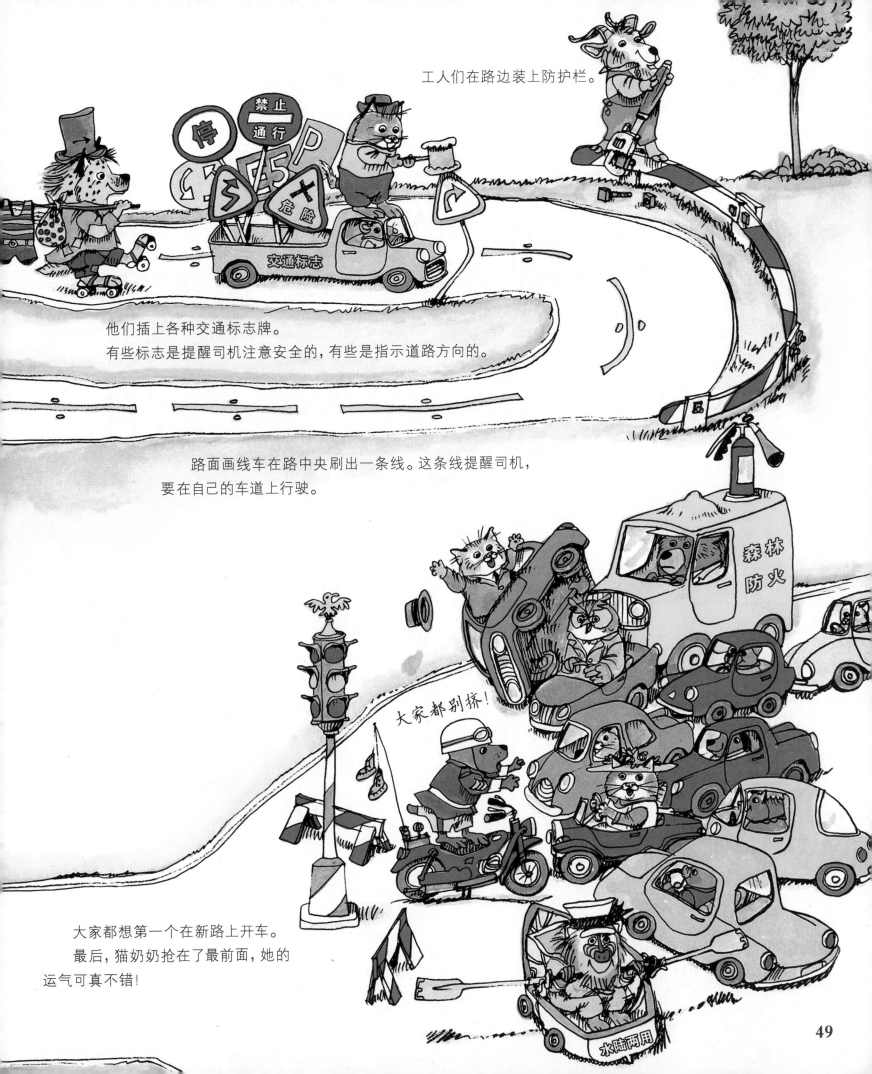

工人们在路边装上防护栏。

交通标志

他们插上各种交通标志牌。
有些标志是提醒司机注意安全的，有些是指示道路方向的。

路面画线车在路中央刷出一条线。这条线提醒司机，
要在自己的车道上行驶。

大家都别挤！

森林防火

大家都想第一个在新路上开车。
最后，猫奶奶抢在了最前面，她的
运气可真不错！

水陆两用

49

# 坐船去远航

轮船油漆匠

货船起重机

码头

船长大粒盐和全体船员正在登船，准备起航啦。
轮船会把旅客送到大海的另一边，去拜访那里的朋友。

船员把食物和其他旅行时要用的东西都装上船。
准备好了，旅客们开始兴高采烈地登船了。

旅客们都买了船票。上船之前，他们把船票交给了检票员。

**请大家不要挤！**

航标灯

嘟——嘟——
要开船了。小拖船推着大轮船离开了码头。

**一路平安！** 大轮船驶出了港口。

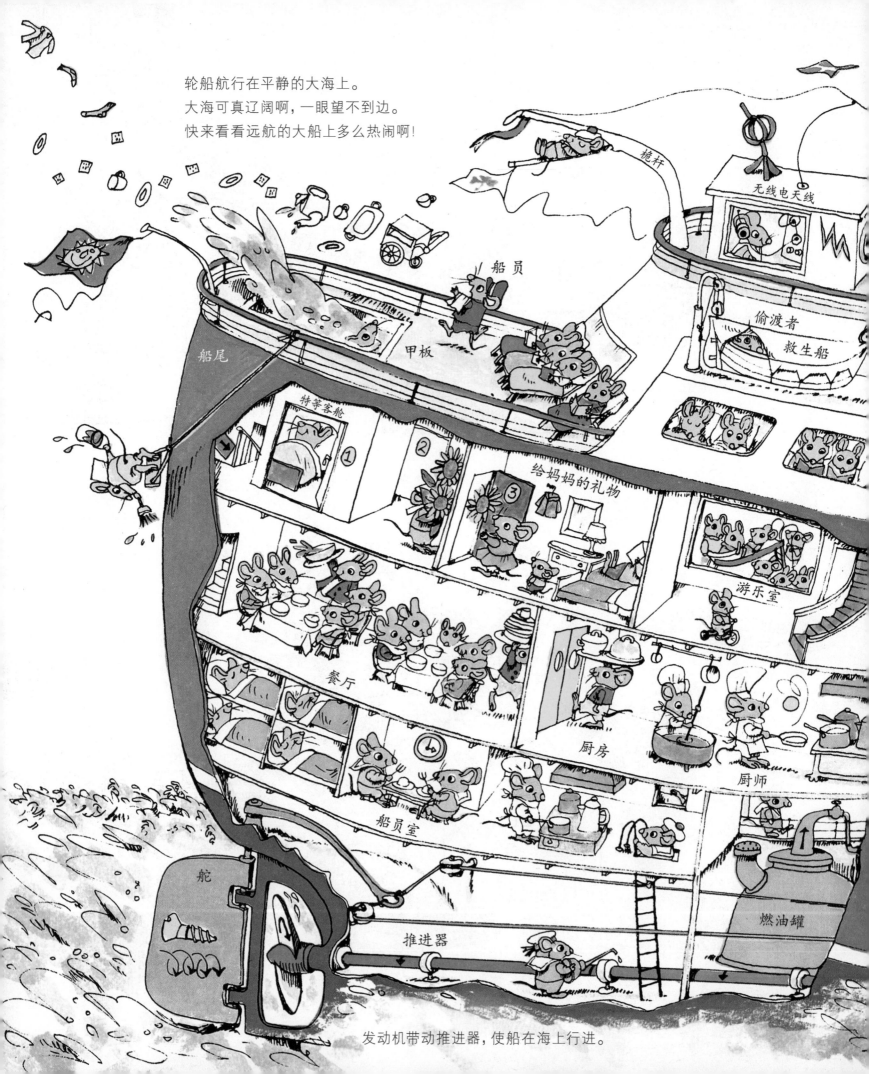

轮船航行在平静的大海上。
大海可真辽阔啊，一眼望不到边。
快来看看远航的大船上多么热闹啊！

无线电天线

桅杆

偷渡者

救生船

船员

船尾

甲板

特等客舱

①

②

③

给妈妈的礼物

游乐室

餐厅

厨房

厨师

船员室

舵

燃油罐

推进器

发动机带动推进器，使船在海上行进。

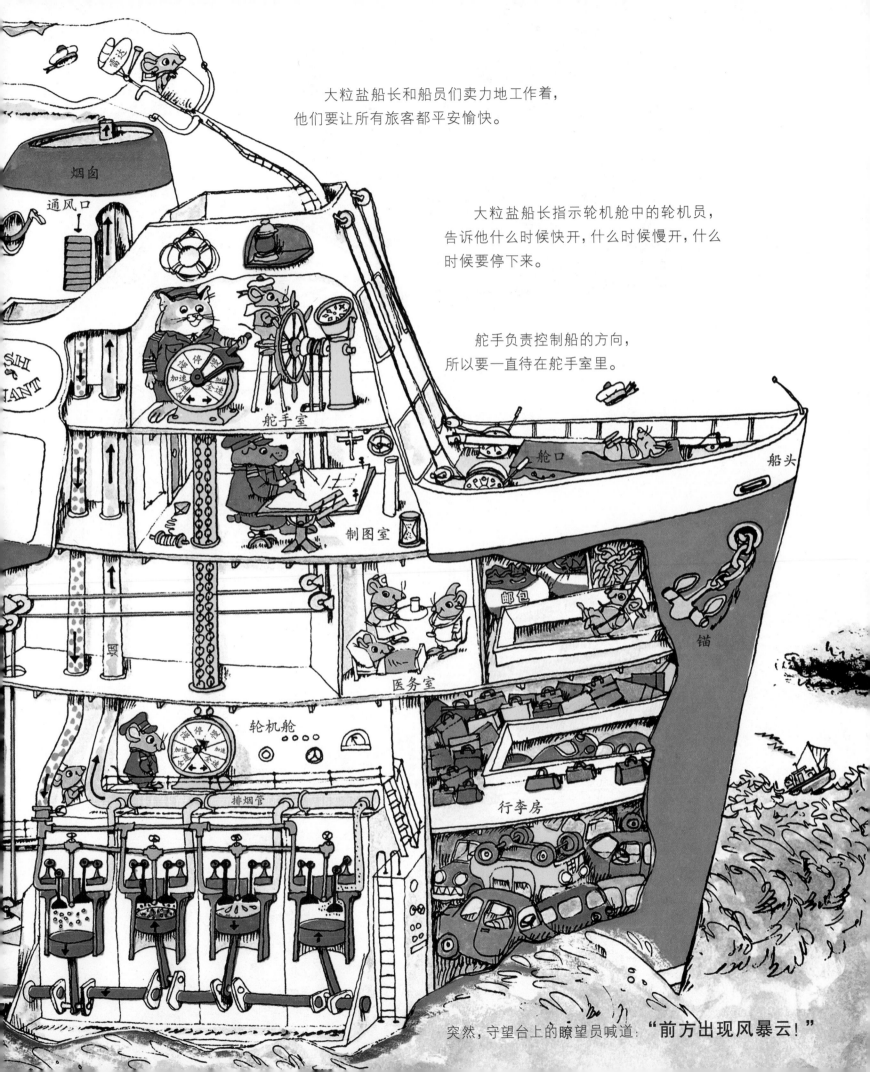

大粒盐船长和船员们卖力地工作着，
他们要让所有旅客都平安愉快。

大粒盐船长指示轮机舱中的轮机员，
告诉他什么时候快开，什么时候慢开，什么
时候要停下来。

舵手负责控制船的方向，
所以要一直待在舵手室里。

烟囱

通风口

舵手室

制图室

舱口

船头

邮包

锚

医务室

轮机舱

排烟管

行李房

突然，守望台上的瞭望员喊道：**"前方出现风暴云！"**

狂风拼命地摇晃着轮船！
这时，话务员听到电台传来呼救声……

**"救命啊！救救我们！我们的船要沉啦！"**

看！在那儿！
是一条小渔船遇险了！

大粒盐船长大声喊道：

**"全速前进！"**

天哪，大海发怒了！

**快！快！放下救生艇！**
渔船要沉了！
船员火栗子和飞毛腿划着救生艇前去救援。

哦，永别了，我的船！

渔船沉了，不过渔夫们都得救了。

舷窗

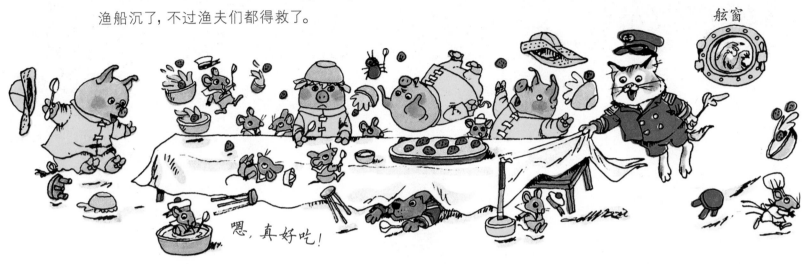

嗯，真好吃！

哦！陆地！！

轮船又重新起航啦。
大粒盐船长举行宴会，庆祝救援成功。
唉，暴风怎么刮个没完呀？

终于，暴风停了，来得突然，停得也突然。
海面平静了，轮船继续航行。
哦，陆地！他们到岸了！

大家特别感谢船长和船员们，没有他们，就不会
有这次让人难忘的旅程了。该上岸啦！这时候，在候船
大厅里有好多人呢，他们是准备去忙忙碌碌镇的。你
说他们的旅程也会那么惊险吗？

候船大厅　　上船　　出站大厅　　海关办公室　　由此进入

请不要拥挤！

# 面包是怎么做出来的？

联合收割机

谷壳

麦粒

麦田

农夫比格驾驶联合收割机割小麦。
麦粒从麦秆上脱下来，落到卡车上。

斗式装料车

把麦粒装到袋子里。

然后把它们送到面粉加工厂。

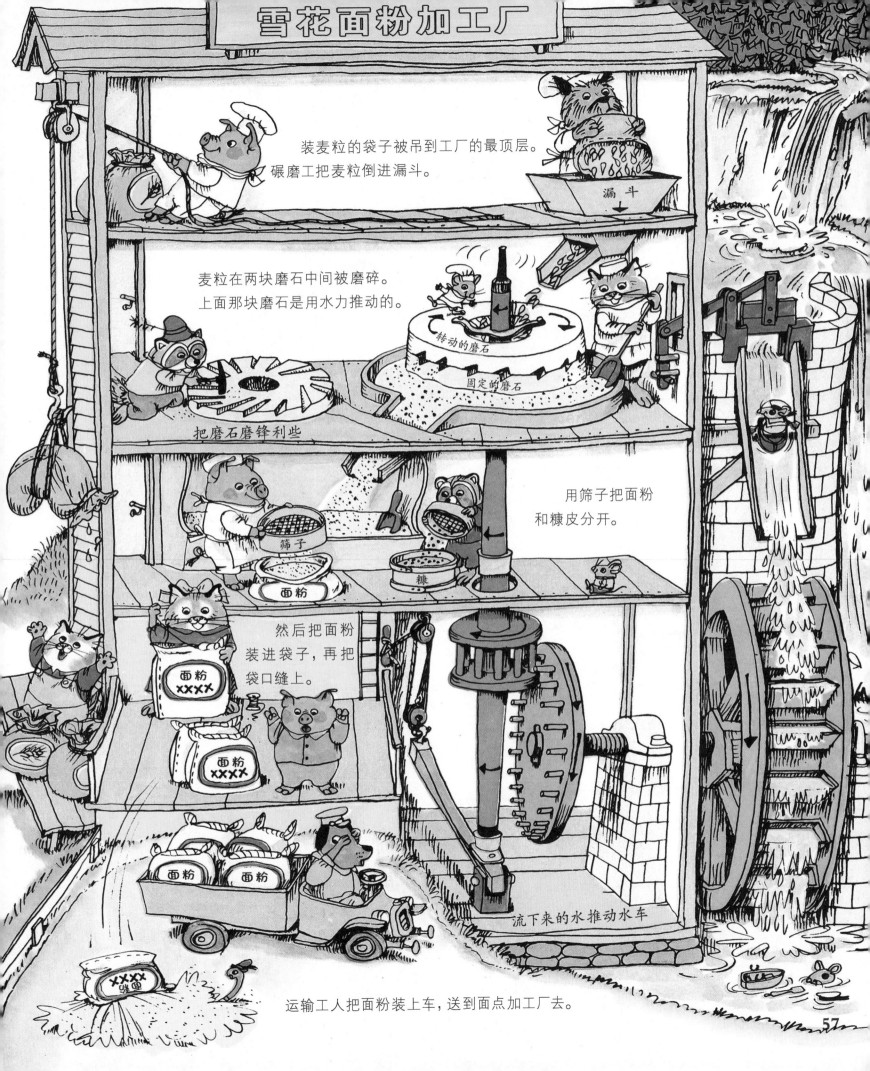

# 雪花面粉加工厂

装麦粒的袋子被吊到工厂的最顶层。
碾磨工把麦粒倒进漏斗。

漏斗

麦粒在两块磨石中间被磨碎。
上面那块磨石是用水力推动的。

转动的磨石

固定的磨石

把磨石磨锋利些

用筛子把面粉
和糠皮分开。

筛子

面粉

糠

然后把面粉
装进袋子，再把
袋口缝上。

面粉
XXXX

面粉
XXXX

流下来的水推动水车

运输工人把面粉装上车，送到面点加工厂去。

57

面包师会把面粉做成面包。

他们把水、盐、酵母和面粉按一定的比例混到一起，揉成面团。
酵母是很重要的，它能让面团发酵，膨胀起来。
面包师卖力地揉面团，直到面团被揉得又软又筋道。

全能面包师嘭嘭揉出一个特别的面团。
哎呀，酵母放得太多了吧？

面包师把面团放进模子里，
做出各种花样和大小的面包条。

全能面包师嘭嘭做的面包可真小啊！

面包师阿福把火热的煤块从烤炉里拨出来。

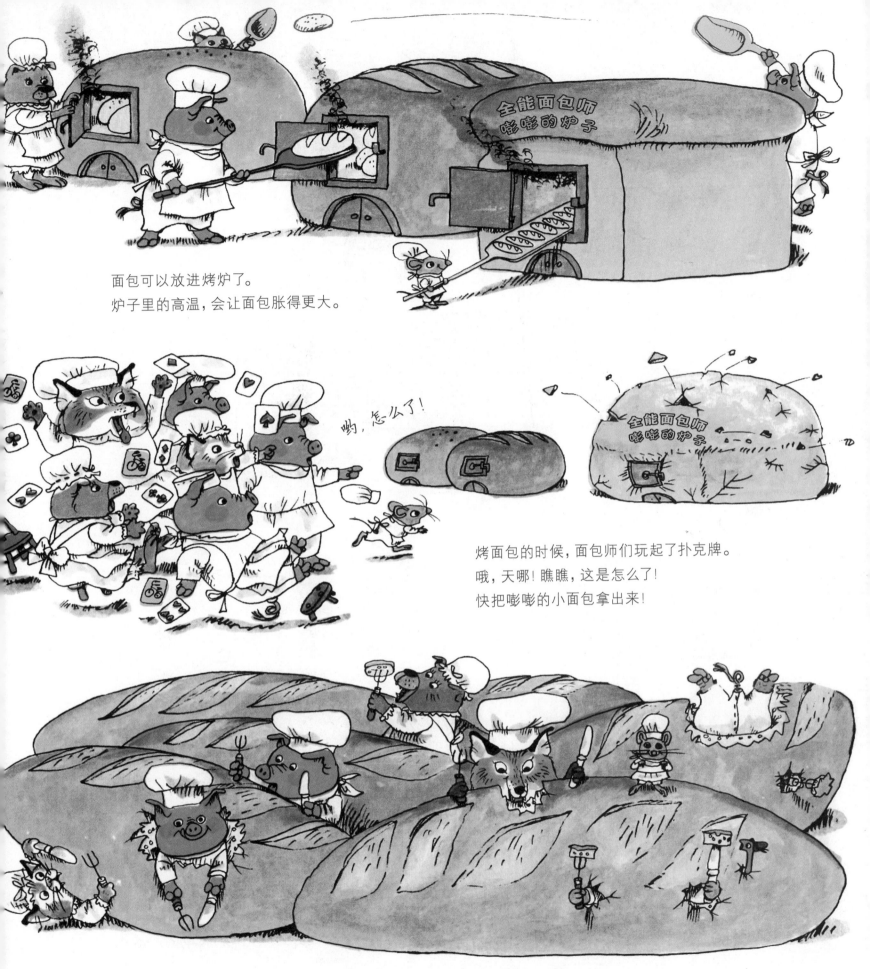

面包可以放进烤炉了。

炉子里的高温，会让面包胀得更大。

烤面包的时候，面包师们玩起了扑克牌。

哦，天哪！瞧瞧，这是怎么了！

快把嘭嘭的小面包拿出来！

来不及了！全能面包师嘭嘭，你放到面团里的酵母太多了！

嗯！不过味道很不错！

## 图书在版编目（CIP）数据

忙忙碌碌镇／（美）斯凯瑞著；李晓平译.

一贵阳：贵州人民出版社，2007.4

（蒲公英图画书馆.金色童书系列）

ISBN 978-7-221-07704-2

Ⅰ.忙... Ⅱ.①斯...②李... Ⅲ.常识课—学前教育

—教学参考资料 Ⅳ.G613.3

中国版本图书馆 CIP 数据核字（2007）第 037977 号

蒲公英童书馆

## 忙忙碌碌镇 [美]理查德·斯凯瑞 著 李晓平 译

| | |
|---|---|
| 出版人 | 曹维琼 |
| 策　划 | 远流经典文化 |
| 执行策划 | 颜小鹂　李奇峰 |
| 责任编辑 | 杜培斌　于　姝 |
| 设计制作 | RINKONG 平面设计工作室 |
| | 贵州出版集团公司 |
| 出　版 | 贵州人民出版社 |
| 地　址 | 贵阳市中华北路 289 号 |
| 电　话 | 010-85805785（编辑部） |
| | 0851-6828477（发行部） |
| 经　销 | 全国新华书店 |
| 印　制 | 北京国彩印刷有限公司 |
| 版　次 | 2008 年 3 月第二版 |
| 印　次 | 2008 年 3 月第四次印刷 |
| 成品尺寸 | 285mm×250mm　1/12 |
| 印　张 | 5 |
| 书　号 | ISBN 978-7-221-07704-2/ G·2524 |
| 定　价 | 19.80 元 |